Les jumeaux
Léa et Léo

Tome 2

François Tardif

Illustrations : Marie Blanchard
Conception graphique et mise en pages : Marie Blanchard
Consultation : Lucie Poulin-Mackey
Révision : Anik Charbonneau et France Lorrain
Correction d'épreuves : Élaine Durocher

Imprimé au Canada

ISBN : 978-2-89642-129-9

Dépôt légal — Bibliothèque et Archives nationales du Québec, 2008
© 2008 Éditions Caractère

Gouvernement du Québec — Programme de crédit d'impôt pour l'édition de livres — Gestion SODEC

Nous reconnaissons l'aide financière du gouvernement du Canada par l'entremise du Programme d'aide au développement de l'industrie de l'édition (PADIÉ) pour nos activités d'édition.

Canadä

Visitez le site des Éditions Caractère
editionscaractere.com

Un drôle de gâteau d'anniversaire

C'est l'anniversaire de ma cousine Alice. Léo, mon jumeau, et moi allons cuisiner un gâteau.

Je regarde les livres de recettes avec maman. Léo vide les armoires. Il sort le sucre, la farine et le chocolat. Il sort le riz, les pommes de terre, et même le céleri…

« Léo, tu veux faire un gâteau au céleri et aux pommes de terre ? »

«Oui maman, j'adore le céleri!»

«Alice adore aussi le céleri»,
continue Léo.

Maman nous suggère le gâteau
au chocolat.
Léo veut ajouter des morceaux
de céleri. Tout le monde éclate
de rire.

Léo ne veut pas suivre la recette.
Il veut ajouter du poivre, de la
sauce piquante, des fleurs de
pissenlit. Moi, je veux suivre
la recette du gâteau au chocolat!

Alors c'est décidé. Nous allons faire deux gâteaux : le gâteau de Léo et le gâteau de Léa.

Quelle bonne idée maman !

Nous préparons les deux
gâteaux. Léo ajoute du maïs
dans son drôle de gâteau.

Maman met la farine et
les œufs. Tout le monde est
content. Léo adore sa recette
inventée !

Maman place les deux gâteaux au four. Elle nous met de la farine sur le bout du nez!

Léo plonge ses doigts dans
le reste de la préparation
au chocolat.

À la fête de ma cousine Alice,
on s'amuse comme des fous.
On donne les cadeaux. Celui de
Léo : deux branches de céleri !

« Merci Léo, c'est mon légume
préféré », dit Alice.

« C'est pour aller avec mon
gâteau », dit Léo.

Il sort son gâteau de la boîte.
Tout le monde rit. Son gâteau
est dur comme une roche.
Alice joue du tambour sur le
gâteau de Léo.

C'est à mon tour de lui offrir mon gâteau. Il est vraiment beau. J'ai hâte que tout le monde y goûte !

FIN !

Pique-nique en famille

Ce midi, on part en pique-
nique.

Je prépare mon sac à dos
toute seule.

Dans l'auto, mon père chante.
Il fait beau.

Nous allons dans la forêt
regarder les oiseaux.

Léo apporte un pot de miel
pour attirer les oiseaux.

Moi, je pense qu'il veut attirer
un ours.

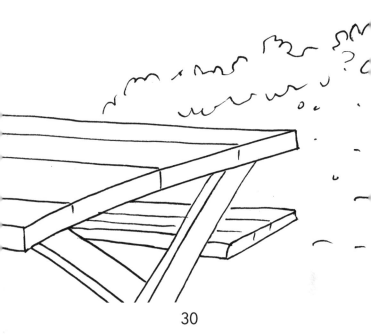

Enfin, on arrive à l'endroit
du pique-nique.

C'est tellement beau par ici.

Léo s'en va en secret.

Il fait couler un peu de miel
sur un tronc d'arbre.

Il veut attirer un ours.

Mon père se cache derrière
l'arbre.

Il grogne et fait peur à Léo.

En se sauvant, Léo laisse
tomber son pot.

Il commence à pleurer.

Papa fait rire Léo.

Léo sèche ses larmes.

On s'installe pour manger.

Mon père cherche les
oiseaux.

Léo voit un oiseau.

Il est sur l'arbre plein
de miel.

« C'est un pic-bois »,
dit mon père.

Le pic-bois perce l'arbre avec
son bec.

«Youpi! j'ai attiré un oiseau!»
dit Léo.

Maintenant, Léo préfère les
pics-bois aux ours.

« Maman, dit-il, il te reste encore du miel ? Je vais attirer d'autres oiseaux. »

Mes parents sourient.

Léo est content. Moi aussi !

FIN !

Vedettes de cirque

Ma grand-mère nous invite
au cirque.

Elle nous tient très fort
la main.

«Ho la la! Ça fait mal»,
dit Léo.

Je crois que grand-mère a peur
des tigres et des éléphants.

Le clown géant n'arrête pas
de faire des gros yeux.

Son ami, le clown nain,
a de grands pieds.

Ils sont comiques !

Attention, le spectacle
commence.

«Léa, où est Léo?»,
demande grand-maman.

Il a disparu !

Nous partons à sa recherche.

On entend un tigre rugir.

Ma grand-mère sursaute :
une trompe d'éléphant lui
chatouille le pied.

Deux acrobates veulent me faire rire. Ils me lancent dans les airs.

Moi j'ai peur !

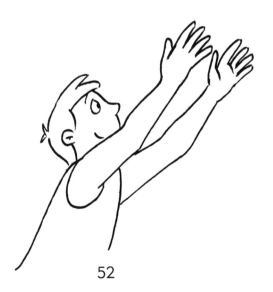

Ma grand-mère me
prend par le bras.

Vite on s'en va Léa !

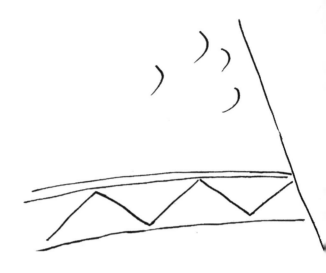

Tout à coup, nous voilà
au centre de la piste.

Grand-maman continue
de chercher mon frère.

Moi, je souris et je salue
la foule.

Mais où est Léo ?

Le clown nain arrive près
de nous. Il fait des grimaces.
Je le regarde et il tombe par
terre. Tout le monde rit.

Le clown nous ramène à
notre place. Surprise !
Léo est assis sagement.
Il applaudit en souriant.

Ma grand-mère est un peu fâchée : « Où étais-tu Léo ? Tu nous as fait peur ! »

« Désolé grand-maman. J'ai trouvé trois places plus haut. De là, on voit tout. Les tigres, les éléphants et même les singes rigolos ! »

Enfin nous regardons
le beau spectacle.

Merci grand-maman!

FIN !